薩約翰・法耶茲・卡拉姆 著
呂娜 譯

沉默的蘆葦

قصب الصمت

漢阿雙語詩集

前言

我被撕扯在
兩個民族之間　等著別人替他倆確定
時間
一個民族在等禮拜
一個民族在等火車

برولوج

أحيا مفصومًا

بين أمتين تنتظران من يحدّد لهما

الوقت

أمّة تنتظر الصلاة

وأمّة تنتظر القطار

目次

003　前言・برولوج

008　日耳曼・جرمانيا

010　海德堡・هايدلبرغ

012　在一個巴黎的公園・في حديقة باريسيّة

014　人類即詩・لا قصيدة إلا الإنسان

016　護身靈・القرين

018　耶穌的鄉愁・غربة الدايم دايم

020　寫給垂死之人・إلى من يُحتضر الآن

022　雪人・رجل الثلج

024　白手起家的人・العصاميّ

026　新德爾斐・دلفي الجديدة

028　穩定與變化・الثابت والمتحوّل

030　拜占庭真相・واقع لابيزنطيّ

032　毛拉納在紅街乞討・مولانا يتسوّل في شارع الحمراء

034　哲理・حكمة

036　獅身人面像・أبو الهول

038　偉大・عظمة

040　認識真理・عرفان

042　詩人的職業・مهنة الشعراء

044　占星術・أسترولوجيا

046　童年教堂前的夢境・رؤيا أمام كنيسة الطفولة

048　信仰・عقيدة

050　一千零一夜後的那一夜・الليلة بعد ألف ليلة وليلة

052　被壓迫者・المظلوم

054　蝴蝶和步槍・الفراشة والبندقية

056　納西索斯神諭中的比斯塔米・البسطامي في مندل نرسيس

060　選自《無所不曉》（一）・مقتطفات من "العليم بكل شيء" (١)

062　選自《無所不曉》（二）・مقتطفات من "العليم بكل شيء" (٢)

064　選自《無所不曉》（三）・مقتطفات من "العليم بكل شيء" (٣)

066　選自《無所不曉》（四）・مقتطفات من "العليم بكل شيء" (٤)

068　選自《無所不曉》（五）・مقتطفات من "العليم بكل شيء" (٥)

070　選自《無所不曉》（六）・مقتطفات من "العليم بكل شيء" (٦)

072　選自《無所不曉》（七）・مقتطفات من "العليم بكل شيء" (٧)

074　選自《無所不曉》（八）・مقتطفات من "العليم بكل شيء" (٨)

076　選自《無所不曉》（九）・مقتطفات من "العليم بكل شيء" (٩)

078　選自《無所不曉》（十）・مقتطفات من "العليم بكل شيء" (١٠)

080　選自《無所不曉》（十一）・مقتطفات من "العليم بكل شيء" (١١)

082　選自《無所不曉》（十二）・مقتطفات من "العليم بكل شيء" (١٢)

084　選自《無所不曉》（十三）・مقتطفات من "العليم بكل شيء" (١٣)

086　選自《無所不曉》（十四）・مقتطفات من "العليم بكل شيء" (١٤)

088　選自《無所不曉》（十五）・مقتطفات من "العليم بكل شيء" (١٥)

090　選自《無所不曉》（十六）• (١٦) "مقتطفات من "العليم بكل شيء

092　選自《無所不曉》（十七）• (١٧) "مقتطفات من "العليم بكل شيء

094　選自《無所不曉》（十八）• (١٨) "مقتطفات من "العليم بكل شيء

096　選自《無所不曉》（十九）• (١٩) "مقتطفات من "العليم بكل شيء

098　選自《等待莫迪凱》（一）• (١) "مقتطفات من "في انتظار موردخاي

100　選自《等待莫迪凱》（二）• (٢) "مقتطفات من "في انتظار موردخاي

102　選自《等待莫迪凱》（三）• (٣) "مقتطفات من "في انتظار موردخاي

104　選自《等待莫迪凱》（四）• (٤) "مقتطفات من "في انتظار موردخاي

106　選自《等待莫迪凱》（五）• (٥) "مقتطفات من "في انتظار موردخاي

108　在水邊 • على ضفّة ماء

110　魔鬼 • الشيطان

112　將我變回小孩吧 • أعدني طفلا

114　其他事情 • شيء آخر

116　西格蒙德・弗洛伊德 • سيغموند فرويد

118　百無聊賴 • ضجر

120　隱士 • راهب

日耳曼

這個國家讓我知曉了人道主義

殺死了我心中的憐憫

不在身邊的人已經死去

在場的人明天又將離開

這個國家讓我明白改變物體形狀的是水

而不是火

我害怕死亡讓我無法親眼目睹審判日

不能親自去火車站買一張車票　早早候在月台

有一個聲音說　通往上帝的火車到站了

有一次　我夢見上帝將祂的天堂展示給我看　祂打

開門：「你瞧」

我說　這不就是我所在的世界嘛

他說　是的　但這兒沒有煩惱

我想活著乘坐最後一列火車

煩惱是我的記憶

電話裡有家人的聲音

小女兒的手指融進我的血液裡

這個國家讓我學會在終點站的後一站下車

جرمانيا

هذه البلاد علّمتني الانسانية

وقتلت فيّ الشفقة

الغائبون عنّي ميّتون

والحاضرون يغيبون غدا

هذه البلاد علّمتني أنّ الماء يغيّر شكل الأشياء

لا النار...

أخاف الموت يحرمني رؤية يوم القيامة حيّا

يحرمني أن أذهب بنفسي إلى المحطة لأشتري بطاقة الرحلة وأنتظر على الرصيف مبكر

الصوت يقول: "القطار المتوجّه إلى الله وصل"

مرّة حلمت أنّ الله أراد أن يريني جنّته. فتح الباب وقال : "أنظر"

قلت: "ليست سوى ما أنا فيه"

قال: "نعم، ولكن لا همّ هنا"

القطار الأخير أريد أن أركبه حيّا

فهمومي ذكرياتي

صوت أهلي على الهاتف

وأصابع ابنتي الصغيرة مشبوكة في دمي

هذه البلاد علّمتني الترجّل في المحطّة ما بعد الأخيرة.

海德堡

朋友對我說　我夢見你失明了　我在幫你尋路

我說　我客死異鄉　你掩埋了我

茫茫的霧啊

好似你走在一座通往死亡的橋上

好似這座城堡裡看不到光

只見你靈魂的火炭在燈盞下熄滅

燈盞被寒霜的隻言片語出賣

我差點兒鬆開了我那抓著小指頭的靈魂

我看見了所有的城市

只有黑暗後的那座城屬於我

夜色懷抱著海德堡和她的市民

女兒的頭髮是我手中的夜明燈

我用它照亮餘下的路

將堆棄在我內心的上帝復活

هايدلبرغ

يقول لي صديق: حلمت بك أعمى أعبر بك الطريق
قلت: أموت في الغربة وأنت تدفنني
ضباب
كأنّك تعبر جسرا إلى الموت
وكأن هذا القصر لم ير نورا
سوى جذوة روحك حين انطفأت تحت مصباح
باعه الصقيع بفتات الكلام
أكاد أفلت روحي التي ما زالت تمسك بِنْصري
رأيت المدن جميعا ولم يبق لي
سوى المدينة خلف الظلام
ليل لفّ هايدلبرغ وناسها
وما زلت أضيء ما تبقّى من الدرب
بشعرة طفلة تركتْها سراجًا في يدي
لأحيي بها الله الملقى داخلي فوق الركام.

在一個巴黎的公園

在一個巴黎的公園

一位寡婦將春日的圍巾掛在一尊雕像手上

雕像遂被她的愛人附體

一個金髮碧眼的法國男人詢問清真肉舖

一個阿拉伯男人打聽買酒的商店

一名警察捕獲了一個販毒的非洲人

與一個青年　他在薩特的墳墓上潑灑啤酒

撒尿

一位九十多歲的老人把一個「包袱」丟在冰冷的鐵

椅上

裡面裝著她的不幸

一個吉普賽姑娘把一朵玫瑰插在她的咖啡杯裡

一對戀人

正親吻我的影子

في حديقة باريسيّة

في حديقة باريسيّة:

علّقت أرملة وشاحًا ربيعيا على يد تمثال

تقمّصه حبيبها

سأل فرنسيّ أشقر عن محلّ لبيع اللحم الحلال

ورجل عربيٌّ عن دكّان لبيع الكحول

أدركت الشرطة إفريقيا يبيع الحشيش

ومراهقا صبّ زجاجة بيرة على ضريح سارتر

وبال فوقه

ألقت عجوز تسعينيّة " بقجة" بؤسها فوق كرسيّ

حديديّ بارد

غرست غجريّة وردة في فنجان قهوتها

وقبّل طيفي

عاشقان.

人類即詩

當我們在地獄相見時

我們用腳感知宇宙之底

與朋友相互許諾

與另一個地獄再見

彈奏一曲　讓人妄想

上帝戰勝了魔鬼

魔鬼戰勝了人類

我們為上帝和魔鬼編造了一個故事

一個睡前故事

樹蔭下是兩片沒有匯合的大海

當我們在地獄相見時

戰爭之詩終結了

人類的詩篇剛剛開始

لا قصيدة إلا الإنسان

عندما نلتقي في جهنّم
نتحسّس بأرجلنا قعر الكون
ونواعد أصدقاءنا على أن
نلتقي في الجحيم الآخر
كي نعزف نشيدا يوهم
بنصر الله على الشيطان
والشيطان على الإنسان
ونختلق لكليهما قصّة
لنومهما
تحت شجرة ظلّها بحران لا يلتقيان
عندما نلتقي في جهنّم
تنتهي قصيدة الحرب
وتبدأ قصيدة الإنسان.

護身靈[1]

騙人的護身靈啊，你可知道你不在時發生了什麼

你說服我來到這個世界，說：我會陪著你

天空下著雨

陌生人的眼光打濕了我的衣襟

我要穿多少件忘卻的襯衣

才能建成一個上帝喜愛的國度

我犧牲了選擇與誰生活的自由

選擇由誰殺死我的自由

任自己迷失在歐洲的大街

我給自己寫了一封至今還未收到的信

沒關係　我說　聖保羅的信也尚未抵達哥林多

你不在時我好似世界手中的一個木偶

我沒有片刻輕鬆　除非說服自己相信　我是從墳墓裡
看世界

1　阿拉伯語單詞「قرين」原意為同伴、夥伴。阿拉伯伊斯蘭文化
　中有一種觀念，認為每個人身邊都有一個護身靈，它是一種精
　靈，可以對人竊竊私語，引起邪念，蠱惑人心。

القرين

لو تدري ما حصل في غيابك، أيّها القرينُ الخائنُ
مذ أقنعتني بالولادة وقلتَ: سألحقُك
أمطرتِ السماءُ
وبلّلت ملابسي نظراتُ الغرباء
كم قميصا للنسيان سألبس بعدُ
كي أكمل بناء بلاد يتغرغر بها الله كلّ صباح؟
أضحيتُ مخيّرا في أن أختار من أعاشرُ
ومن سيقتلني
تركتُ نفسي أضيعُ بين إشارات السير في الشوارع الأوروبية
كتبتُ لنفسي رسالةً لم تصلني
قلتُ لا بأسَ، فرسالةُ بولس الرسول لم تطأْ بعد أرض كورنثوس
كأنني، في غيابك، دميةٌ في يد هذا الكونِ
لا أرتاحُ إلا بعد أن أقنع نفسي أنني أنظُرُ إليه
كما لو من وراء مقبرة.

耶穌的鄉愁

我想死在地球之外

一個我不是客人的所在

在天使的背上

背叛兩個愛我的索命魔鬼

我沒有宗教經典

從自立為哈里發*時起

世界在我臉上生根

從美酒和蜂蜜中長出紅鬍

他上馬　對兄弟說　找個女人幫我脫掉痛苦的蹄鐵吧

指引我到沒有救生船的天堂吧

節日的夜晚　我途徑親人的屋舍

看門狗已不記得我　我從窗眼往裡看

因看見自己被友人棄於途中消磨光陰而悔恨

我數星星、數羊助他們入眠

我已習慣聽女人們說　她們在地球上的咖啡館裡見過我

她們以為在不同的地方見過我

地球上沒有我的墳墓　我造一葉舟

一葉木舟

帶上所有雌性物種

---

* 編按：哈里發是伊斯蘭教的宗教及世俗的最高統治者的稱號。

غربة الدايم دايم

أريد أن أموت خارج هذه الأرض
في مكان لست ضيفا عليه
وعلى صهوة ملاكٍ
غدر بمارِدَي القبر لأنه يحبّني
لا شيءَ كتابي...
مذ نصّبت نفسي خليفةً على نفسي
شرّش الكون على خدّيّ لحيةً حمراءَ
من خمرٍ ومن عسلٍ
واعتلى جوادا يقول لأخيه: جد لي امرأةً تنزع عن حَدْوَتي عذابي...
ودلّني على جنّة لا قاربا للنجاة فيها
ولا كلبَ دارٍ يتذكرني حين أمرّ ليلة الميلاد بين بيوت أهلي...أحدّق من كوّة شبابيكها
وأندم حين أراني داخلها أضيّع عمري على طريق سيتركني أصدقائي فوقه
أعدّ لهم النجوم والخرافَ كي يناموا
تعوّدتُ أن تَعُدّني النساءُ في مقاهي هذا الكوكبِ
وكلّهنّ يخلنَ أنّهنّ رأينَني في مكانٍ مختلفٍ
لا قبرَ لي في هذه الأرض... أبني فيه فُلكا
من خشب الهيكل
آخذ معي من كلّ جنسٍ أنثاهُ.

寫給垂死之人

我認識你

年年送你一支玫瑰

我忘了你的生日

有一次我敲門

盼望著

命運來開門

而不是你

你可明白　我千方百計輪迴轉世

只為知道　在你死後

當我看見你的照片

掛在牆上

我有何感受

إلى من يُحتضر الآنِ

أنا أعرفك

كنتُ كلّ عامٍ أرسل لك وردة

وأنسى عيد ميلادك

مرة قرعتُ الباب

وانتظرتُ

أن يخرج قدري

لا أنت...

أتدري... أحاول أن أتقمّص نفسي

لأرى كيف سأشعر حين أنظر إلِى صورتك

المعلّقة على الجدار

بعد أن تموت.

雪人

雪人融化了

在等待他的童年時

丟掉了媽媽插在他身上的橙色鼻子

給眾生一句忠告：

唯有毀滅才了解自己

雪人走了

在另一個世界裡成長

用石頭做成一個鼻子

再不會弄丟了

رجل الثلج

رجل الثلج ذابْ
في انتظار طفولتهِ
تاركًا أنفه البرتقالي تزرعه أمُّه
حكمة للأحياء:
"لا يعرفُ نفسَه إلا الخرابْ"
رجل الثلج مشى
بما في عالم آخرَ
يصنع أنفًا حجريًّا
لا يتركُه لأحد.

白手起家的人

你是一種絕望

我想起了穿一雙破鞋走路的小男孩

裸露在外的小腳趾說

給我樹一個榜樣

我要趕上他

將他甩在你身後

العصاميّ

شيء من اليأسِ أنتَ
أذكر ولدًا كان يمشي بحذاء مثقوب
يطلّ منه إصبعه الصغير يقول:
"دلّني على مثال أعلى
لأصل إليه
وأجعله خلف ظهرِكْ".

新德爾斐[1]

我是我所害怕的

這場內心的戰爭與被火車帶走的和平

當我從羊水中出來時　我沒有仔細看看地球的手相

在人類互相殘殺時　借來一把尼祿的豎琴[2]

我沒有認真看看自己的手相

追求智慧是一種病

生活中我從女人身上學會

淫蕩與貞節是魔法的本質

沒有白　亦沒有黑

我是無限

---

[1]　德爾斐：古希臘阿波羅神殿所在地，古希臘人認為它是世界的中心，並在其正中立石為記，稱該石為「歐姆法洛斯」。

[2]　尼祿的豎琴：英語中有諺語「fiddling while Rome burns」，即「琴照彈，休管羅馬大火」。公元64年，羅馬經歷了一場大火，一些史學家認為，古羅馬帝國暴君尼祿是罪魁禍首的縱火者。相傳，尼祿面對熊熊大火時，曾登高撫琴，彈唱《特洛伊的陷落》中的詩句。此處，作者薩約翰借用歷史典故，以「借來一把尼祿的豎琴」表示他欲冷眼旁觀這個令人失望的世界。

دلفي الجديدة

لست سوى ما أخاف منه:

هذه الحرب داخلي... وهذا السلام الذي يمر في القطار المقابل

لم أقرأ كفّ الأرض جيدًا حين خرجت من ماء الرحم

لأستعير قيثارة نيرون حين يفترس البشر بعضهم البعض

لم أقرأ كفّي جيدا

أنّ السعي وراء الحكمة داء

لم أتعلّم في حياتي إلا من النساء

أنّ العهر والطهر كجوهر السحر

لا أبيض ولا أسود

وأنني أشياء كثيرة.

穩定與變化

自我知道歷史是一個圓

從開始的地方結束

從結束的地方開始

我行至字母酒店前駐足

訂下一間面朝大海與神之寂靜的房間

把炸藥放入圓規孔中

除了第一物質以外別無其他

我在陽台上　指著遠方　對只會誇誇其談的詩人說

你瞧　沒有穩定

也沒有變化

只有原地撲騰

對你口授你的所見

الثابت والمتحوّل

مذ عرفت أنّ التاريخ دائرةٌ...

تنتهي حيث تبتدئ

وتبتدئ حيث تنتهي

توقّفت رحلتي أمام فندق الأبجدية

وحجزت غرفة تطلّ على البحر وسكون الله

وضعت لغمًا في ثقب البركار

لا شيء سوى الهيولى

أشرت من شرفتي لشاعر فارغ إلا من الكلام

أنظر، لا ثابت

ولا متحوّل هنا

بل مجرّد متحرّك في مكانه

يملي عليك ما تدّعي أنّه رؤاك.

拜占庭真相

謝赫[1]不關心先有蛋還是先有雞

在我之前是大洪水

在我之後是大洪水

我是一種絕對存在

一滴懸與枝頭的露珠

安拉將它如此掛著

為讓鳥兒和螞蟻歡喜

我背對著一個不願解釋自己的世界

面朝墳墓

---

[1]　謝赫：阿拉伯語單詞「الشيخ」的音譯，意為老者、長者、學者、前輩等，用來稱呼比自己年長或學識淵博的人。

واقع لابيزنطيّ

الشيخ لا يعنيه إن البيضة خُلقت أولا... أو الدجاجة

من قبلي الطوفان

ومن بعدي الطوفان

ما أنا إلا مطلقٌ

قطرة ندى متماسكٌ على طرف غصن

علّقه الله هكذا

كي يشتهيه عصفورٌ ونملة

ظهري إلى كون لا يريد أن يفسّر نفسه

ووجهي إلى شقّ في التراب.

毛拉納[1]在紅街[2]乞討

我擠壓著風

擠壓著腳底的蚱蜢

擠壓著他人本性中的神鳥西默夫[3]

擠壓著自己的脈動

擠弄著指甲裡的污垢

也許我的口水從笛管中滴下

人們在我身上看見了世界

將我小小的夢想解讀成我不曾想過的一切

也許我滴下的口水化作一隻張著嘴的精靈

向兜裡揣著錢包的路人喊出唯一的真理

聽聽長笛吧，它看見了你

你看見我了嗎

---

[1] 毛拉納（مولانا）：阿拉伯語，是一種尊稱的前綴，一般用於受人尊敬的穆斯林領袖名字前面。

[2] 紅街：黎巴嫩貝魯特一條街道的名字。

[3] 西默夫（simurgh）：波斯神話及文學作品中的神鳥，波斯蘇非派詩人法里德丁・阿塔爾著有一部長篇敘事詩題為《百鳥朝鳳》，講述了眾鳥尋找神鳥西默夫的故事：百鳥歷經千辛萬苦，翻山越嶺，到達目的地時，只剩三十隻鳥，它們並未尋到神鳥，這才意識到神鳥就是它們自己。波斯語中的「三十」念作「西」，「鳥」念作「默夫」，所以，「三十隻鳥」與專有名詞神鳥「西默夫」同音。阿塔爾通過該故事闡述了蘇非派的一個重要觀點：真主原本就在每一個人心中，換句話說，每個人身上都隱藏著神性。

مولانا يتسوّل في شارع الحمراء

أضغط على الريح

على الجندب تحت قدمي

على طائر السيمورغ في شخصيّة الآخرين

على نبض دمي

على آثار القمامة تحت أظافر يدي

لعلّ لعابي السائل في القصبة يقطر

لمن يرون الكون في صورتي

لمن يتفلسفون على أحلامي الصغيرة أنّهم يرون فيّ أشياء لا ترد في خاطري

لعلّ لعابي يقطر جنيّا فاغرا فاه

يصيح بالمارّة الحاملين محفظات جيبهم الحقيقة الوحيدة:

أنصتْ إلى الناي إنّه يراكَ

فهل تراني؟

哲理

如一份臨時工

這就是生活

你終須離開

حكمة

مثل وظيفة غير ثابتة

هي الحياة

في النهاية يجب أن ترحل.

獅身人面像

躺在血泊中的人說：我要和你永別

年邁的人說：我還需要你

耽於幻想的人說：我要燒掉我的檔案資料，因為我害怕回憶

أبو الهول

قال النائم في دمه: أودّعك

قال الطاعن في سنّه: ما زلت في حاجة إليك

قال العائش في وهمه: سأحرق أوراقي لأني أخاف من ذكريات.

偉大

我的朋友拉比*莫迪凱說：

我兒呀！

在學會如何

用塵土

造物之前

先學學怎麼抹除它吧

編按：拉比是猶太人的特別階層，主要為有學問的學者，是智
者的象徵。

عظمة

يقول موردخاي صديقي الحاخام:

يا بنيّ!

قبل أن تتعلّم كيف تصنعُ

من الغبارِ

شكلاً

تعلّم كيف تمحوه.

認識真理

我知道上帝會將我們粉碎

在我們發現了他的祕密後

如一個女人在手機裡存下情人的電話號碼

存在一個女人的名下

卻聲稱她的丈夫背叛了她

عرفان

أعرف أنّ الله سيحطّمنا
حين نكتشف سرَّهُ
مثل امرأةٍ سجّلت رقمَ عشيقها في هاتفها
تحت اسم امرأة
وادّعت أنّ زوجها يخونها.

詩人的職業

我們詩人和作家都做了些什麼

不過是在紙上

編撰紀錄

悲傷與不幸

以及宇宙的心理疾病

مهنة الشعراء

ماذا فعلنا نحن الشعراء والأدباء

سوى أنّنا أرّخنا

الحزن والتعاسة

وأمراض الكون النفسيّة

على الورق.

占星術

為什麼每當我倒著讀經文——從最後一個字到第一個字——魔鬼就會出來？

你倆是同一個人嗎，上帝啊？祢和那以祢名義砍人頭顱的人？

أسترولوجيا

لماذا كلّما قرأت نصًا إلهيًّا بالمقلوب – من الحرف الأخير إلى الأوّل- يخرج لي الشيطان؟

أواحدٌ أنتما يا الله؟ أنت والذي يقطع الرؤوس باسمك؟

童年教堂前的夢境

當他人棄你而去

別走開

你右邊有一棵橄欖樹

別發抖

你左邊有童年的教堂

別妄動

大家終將跪拜照亮你內心的仙女

رؤيا أمام كنيسة الطفولة

حين يغادرك الآخرون...

لا تبتعدْ

فعلى يمينك زيتونة

لا ترتعدْ

فعلى يسارك كنيسةُ طفولتك

لا تتحرّك

فالكلّ سيسجدُ يومًا لحوريّة في داخلكَ تضيء.

沉默的蘆葦
قصب الصمت

信仰

我是異教徒，喜歡瑪麗亞・抹大拉和施洗約翰

厭惡基督教和基督徒

我是異教徒，渴望夏娃，這顆像蛇一般蠕動的蘋果

厭惡亞伯拉罕和他的後裔

厭惡伊斯蘭教、穆斯林、原教旨主義者

我是壞蛋，失敗者設好埋伏等著我

عقيدة

أنا هرطوقيّ أحبّ مريم المجدلية ويوحنا المعمدان

وأكره المسيحية والمسيحيين...

أنا زنديق أشتهي حوّاء، تفاحةً تتلوّى مثل أفعى

وأكره ابراهيم وبنيه...

والإسلام والمسلمين والإسلاميين

أنا شريرٌ... يتربّص بي الفاشلون.

一千零一夜後的那一夜

阿拉丁
賣掉了他的地毯
擦拭了油燈
把自己扔在火車車輪下
放出瓶中的精靈
在沙子和空氣中
為他的主人建一座宮殿

الليلة بعد ألف ليلة وليلة

علاء الدين

باع بساطه...

فرك المصباح...

ورمى نفسه تحت عجلات القطار

تاركًا العفريت دون قمقمٍ في العراء

يبني لسيّده قصرًا

في الرمل والهواء.

被壓迫者

國王盯著棋手

使了個眼色：你膽敢動我

我將在我的城堡腳下壽終正寢

我的兩位主教會賣掉我的肢體

我的兩匹馬將奔向敵人

你手中的這些禁衛軍曾歃血宣誓為我效忠

一顆從未挪步的禁衛軍凝視著棋手的掌心

對懸蕩在它上面的手指說：

殺了我吧　告訴這個無用的傢伙　我在壓迫中度過

一生

一生中只有兩個女人愛我

還有他的妻子

和一大群女人

المظلوم

حدّق الملك في لاعب الشطرنج
وأومأ إليه: إيّاك أن تمسّني
سأموت على أقدام قلعتي
ووزيراي سيبيعان أعضائي
وحصاناي سيهرولان إلى أعدائي
هذه بيادقي ملك يديك أقسمت على دمها أن تفتديني
البيدق الذي لم يغادر مكانه يومًا حدّق في راحتيه
وأسرّ لإصبع تدلّى فوقه:
اقتلْني... وقل لهذا التافه أنّي قضيتُ عمري مظلومًا
فلم يعشقني في حياتي سوى امرأتين...
وزوجتِه
وجمهورٍ غفيرٍ من النساءْ.

蝴蝶和步槍

「難道我們需要這所有的犧牲

才能使生命有意義嗎？」

一隻蝴蝶在被毀壞的城牆上問它的姐姐

「或許是吧」步槍答道　它掙脫主人的手

以便慢慢死去

「但我們不需要更多的生命

來賦予死亡意義」

然後朝兩隻蝴蝶開了槍

الفراشة والبندقية

"ألكلّ هذا الموت كنّا نحتاجُ
لنصنع للحياة معنى؟"....
سألت فراشةٌ أختها على سورٍ مدينةٍ أكلها الخرابْ
"ربّما" أجابت بندقيّة أفلتتْ يدَ صاحبِها
كي يلفظ أحلامه على مهل...
"ولكنّنا لم نحتاج إلى أكثر من حياة
لنصنع للموتِ معنى"
وأطلقتْ عليهما الرصاصْ.

納西索斯[1]神諭中的比斯塔米[2]

納西索斯是誰
不是以他名字命名的花
所發生的一切就是　有一次他熱血沸騰
在照鏡子時愛上了自己
看見駿馬編織他的鬍鬚
看見瞳仁化作戴勝鳥
從示巴[3]帶回消息
他把鳥兒掛在晾衣繩上　掛在一個女人身旁
當她牽他的手時　他大喊
「一切榮耀歸於我　這就是我啊
我的血分開後又合為一體」
納西索斯是誰　不是以他名字命名的花
所發生的一切就是
他第一次看見人們用釘子刻出他的名字
在他的左眼下面寫上
一個字母　出自他祖母所熟知的那套字母表
再將一滴油倒與水面開啟神諭
從中走出一位他恭候多時的人

1　納西索斯：古希臘神話故事中的美男子，他愛上了自己在水中的倒影，難以自拔，為求歡溺水而死，死後化作水仙花。

2　比斯塔米（807-874）：全名為艾布・葉齊德・比斯塔米，伊斯蘭教早期蘇非主義學者，教義學家。比斯塔米提出了「寂滅與真主」之說，指教徒讚念真主時，將全部精神寄託、凝聚與真主，進入忘我的境界，與真主融為一體。

3　示巴：古代地名，位於今也門南部。

當那人走出時　他大喊
「一切榮耀歸於我　他就是我啊　我那紅得發黑的
影子
它分開後又合為一體」

البسطامي في مندل نرسيس

ما هو نرسيسُ...
ولا الزهرةُ التي سُميّت باسمِه
كلّ الذي حصل أنّ دمه اشتعل ذات مرّة
حين نظر في المرآة واشتهى نفسه
رأى جيادًا تغزل لحيته...
وبؤبؤَ عينِه هدهدًا
جاء للتوّ من سبإٍ بنبإٍ...
التقطه وعلّقه على حبل غسيل إلى جانب امرأةٍ
حين أمسكتْ يدُها يدَه... صاح:
"سبحاني... ما هذا إلا أنا
دمي حين ينقسمُ ويتّحدُ"
ما هو نرسيس ولا الزهرةُ التي دعيت باسمه...
كلّ الذي حصل
أنّه رأى اسمه للمرّة الأولى مرسوما بمسمارٍ
فكتب تحت عينه اليسرى
حرفًا من أبجدية تتقنها جدّتُه
وصبّ نقطة زيت على صفحة ماء ليفتح مندلاً
ويخرج منه الذي ينتظر من أبدٍ...

الذي حين خرج صاح:

"سبحاني ما هو إلا أنا...ظلّي القرمزيّ من السواد

الذي حين ينقسمُ يتحدُ".

選自《無所不曉》（一）

陀思妥耶夫斯基*寫俳句

我們生而為巨人

從果戈里*的外套裡走出

我的魔鬼是男人

你們的魔鬼不男不女[1]

---

* 編按：陀思妥耶夫斯基（1821-1881）為俄國作家，重要作品有《罪與罰》、《白痴》以及《卡拉馬助夫兄弟》。

* 編按：果戈里（1809-1852）為俄羅斯作家，是俄國現實主義文學的奠基人之一。

[1] 在賈希利葉時代，阿拉伯人將詩歌與占卜聯繫在一起，視詩人為祭司、巫師，並認為詩歌是精靈和魔鬼對詩人口授的，每一位詩人身邊都有一個精靈或魔鬼與他同行。

مقتطفات من ''العليم بكل شيء'' (١)

''دوستويفسكي يكتب الهايكو''

كنّا نولد عمالقة

من معطف غوغول

شيطاني ذكر

وشيطانكم خنثى.

選自《無所不曉》（二）

四人替他抬棺材
另有一人為他掘墳
為這位大詩人
而Facebook和Twitter上胡言亂語的詩人們
到處找尋獨裁者
用以謾罵

مقتطفات من ''العليم بكل شيء'' (٢)

أربعة يحملون نعشه

والخامس يحفر قبره

الشاعر الكبير

شعراء الهراء فايسبوك وتويتر

يفتّشون عن ديكتاتور

كي يشتموه...

選自《無所不曉》（三）

地球是一隻蟲子
從宇宙這顆蘋果裡爬出
我將一個個字母排列在一起
身上的罪惡也隨之死去

مقتطفات من "العليم بكل شيء" (٣)

الأرض دودة

تخرج من تفّاحة الكونِ

أرصفُ حرفًا جنبَ حرفٍ

تموت فيّ الجريمة.

選自《無所不曉》（四）

我現在要做什麼？
我要睜開的是兩枚炸彈而不是雙眼
看見一個如火炭般的世界
我的祖國一片漆黑
為毀滅紡織願景

مقتطفات من "العليم بكل شيء" (٤)

ماذا أفعل الآن؟

الآن أفتح قنبلتين لا عينين

تريان العالمَ جمرًا

وبلادي سوادًا

تغزل للخراب رؤيا.

選自《無所不曉》（五）

男人去河邊

獨自一人

把影子丟在那兒

歸來

男人去山裡

獨自一人

把氣息留在那兒

歸來

男人去林中

獨自一人

把塵土

留在那兒

歸來

孤獨的男人去他愛的女人那裡

把他的火和水留在那兒

活著

為了死去

مقتطفات من "العليم بكل شيء" (٥)

الرجل الذي يذهب إلى النهر

وحيدا

يترك ظلّه هناك

ويعود.

الرجل الذي يذهب إلى الجبال

وحيدا

يترك أنفاسه هناك

ويعود.

الرجل الذي يذهب إلى الغابات

وحيدا

يترك ترابه هناك

ويعود.

الرجل الوحيد الذي يذهب إلى امرأة يحبّها

يترك ماءه وناره هناك

ويبقى

كي يموت.

選自《無所不曉》（六）

在這首阿拉伯詩裡
除了災難以外
還有其他阿拉伯商品嗎
明天我們將宣布過節
把我們的總統們掛在絞刑架上
披上黑色孝服

مقتطفات من "العليم بكل شيء" (٦)

هل هناك بضاعة عربيّة

في هذا الشعر العربي

غير المحنة؟

غدًا نعلن العيد

نعلّق رؤساءنا على المشانق

ونتّشح بالسواد.

選自《無所不曉》（七）

我不擅長寫詩
但我那兩隻漂亮的手
在我的血液裡繡出胎兒
撐起宇宙的穹頂──我在母腹中的家
使上帝的乳房變大
我吮吸著它
說道
一切榮耀歸於我

مقتطفات من "العليم بكل شيء" (٧)

أنا لا أتقن كتابة الشعر

ولكنّ يديّ جميلتان

تطرّزان الجنينَ في دمي

ترفعان قبّة الكون لي بيتًا في بطن أمّي...

تنبتان الله ثديًا

أرضع منه

وأقول:

سبحاني.

選自《無所不曉》（八）

我用左眼看一個小孩

我說：一隻破鞋

我用右眼看一個小孩

我說：雄鷹和山峰

我用「貴族」的慧眼看一個小孩

我說：這是一個人

我用人道主義的眼睛看一個小孩

我說：這是一個人

مقتطفات من "العليم بكل شيء" (٨)

أرى طفلا بعيني اليسرى

أقول: حذاء مثقوب

أرى طفلا بعيني اليمنى

أقول: نسورٌ وذرى

أرى طفلا بعين البصيرة " الارستقراطيّة"

أقول: هذا إنسان

"أرى طفلا بعيني إنسان

أقول: هذا إنسان".

選自《無所不曉》（九）

我統計烈士人數：
被殺的人和殺人犯
炸藥包和Tomahawk*陸地攻擊導彈
我統計人類總數：
世界是個棄嬰　人則是世界海灘上的粒粒沙子
我統計真正意義上的人有多少
一個也沒有

---

* 編按：Tomahawk指印地安戰斧。

مقتطفات من "العليم بكل شيء" (٩)

أحصي الشهداء:

قتيل وقاتل

حزام ناسف وصاروخ توماهوك

أحصي البشر:

رمل على شطّ كون لقيط

أحصي الانسانية:

لا أحد.

選自《無所不曉》（十）

最後一個時代不會再有

用蠟燭燈芯擊石取火的人

我的主啊

這場馬拉松結束了

我們將在群山之上

抽鴉片

為求道者摘下太陽作為裝飾

最後一個時代不會再有別人

除了我和你　我的主啊

我們為先知們扶穩梯子

以便他們往上攀爬

مقتطفات من "العليم بكل شيء" (١٠)

لن يكون في آخر الزمان

من يقدح الصوّان على فتيل الشعلة

يا سيّدي...

فهذا الماراتون انتهى

فيما نحن ندخّن الأفيون

على سلاسل الجبال

ونقطف الشمس للمريدين زينةً

لن يكون في آخر الزمان

إلاي وإلاك يا سيدي

نسند السلّم للأنبياء

كي يصعدوا.

選自《無所不曉》（十一）

我受不了了

準備將我的指頭插進

蘭波[1]

俳句

博爾赫斯[2]的眼睛

在扳機扣響後令人麻木的那一刻我投降了

在我醒來並意識到一切都已改變之前

為了看生活之車如何偏離正軌

你可曾想過違法犯罪

我沒有時間寫我想要的詩

你快來吧

讓我在記憶中看見你

---

[1] 蘭波（1854-1891）：全名為讓・尼古拉・阿爾蒂爾・蘭波，19
世紀法國著名詩人，早期象徵主義詩歌的代表人物，超現實主
義詩歌的鼻祖。

[2] 博爾赫斯（1899-1986）：全名為豪爾赫・路易斯・博爾赫斯，
阿根廷詩人、散文家、小說家。

مقتطفات من "العليم بكل شيء" (١١)

أنا كائن غير قادر على التحمّل

مستعدّ أن أضع إصبعي في عين

رامبو

وهايكو

وبورخيس

وأستسلم للحظة الخدر التي تلي تكّة المسدّس...

قبل أن نصحو وندرك أنّ كلّ شيء تغيّر

هل فكّرتِ مرة في ارتكاب جريمة لترى كيف

تنحرف سيّارة الحياة عن طريقها؟

أنا كائن لا وقت عندي لكتابة القصيدة التي أريدها

فتعالي على عجل

كي أراك في الذاكرة.

選自《無所不曉》（十二）

我從詩人森林中歸來　正如我此前走進它

像一匹孤狼　陷入經文詮釋與神話傳說的流沙中

我的約會總在教堂鐘聲敲響前兩分鐘

在陽台上　我看見了來自遠方的你

你的敏感焦慮將旅途連根拔起

「戳進」能預示未來的眼睛　任災難爆發

我從詩人森林中歸來　正如我此前走進它

像一匹孤狼　不懼貪生怕死之徒

它從遠方投來一瞥　說　再見

我是創造一切新事物的人

我在夢中女人們的澡堂前夢遊

她們歌唱　歡笑

我是一首譜寫人類的詩

教堂的鐘聲還有兩分鐘就要敲響

我依然在特快列車車站前等你

來吧　拿著斧子來吧

我的手中有一片森林

مقتطفات من "العليم بكل شيء" (١٢)

أعود من غابة الشعراء كما دخلتُ

ذئبًا منفردًا مزنّرًا بالرمل المتحرّك في التأويل والخرافة

موعدي دائما دقيقتين قبل أن يقرع جرسُ الكنيسة

قبل أن تطلّي بجهازكِ العصبي

يقلعُ شروش طريق الرحلة

و"يحكش" عين التوقّع والتنبّؤ والمصيبة

أعود من غابة الشعراء كما دخلتُ

ذئبًا منفردًا لا يخاف من شيء يخاف الموتَ

ألقى نظرة من بعيد وقال: سلاما

ها أنذا أصنع كلّ شيء جديدًا

مسرنما أمام حمّام نساء يظهرن لي في الحلم في صورة الدنيا

يغنّين ويبتسمنَ

أنّني القصيدة التي تكتب بشرًا

...

دقيقتين ليقرع جرس الكنيسة

وما زلت أنتظرك أمام محطة القطار السريع...

فتعالي... بفأسٍ

في يديَ الغابة.

選自《無所不曉》（十三）

所有我今天討厭
明天喜歡的城市
都應捨棄

數小時前　我的雙眼是兩片綠洲
綠植在那兒編織出地毯
我們互相許諾永不分離

我對著指頭吹氣生火
烈日如千軍萬馬般從我衣袖裡飛瀉直下
Khidr*啊
我吸取了教訓
從灰土之城中走出的人都不是我的朋友
而是一種蹟象
示意我鑿穿他的船
殺掉他　拆毀他父親留下的那堵牆
從這樣的城市裡只會走出兇殘的野獸
或道貌岸然的禽獸

Khidr啊　「如果真主意欲，你將發現我是堅忍
的，不會違抗你的任何命令」

---

* 編按：Khidr是古蘭經中描述但未提及的人物，是上帝的正義僕
人，擁有極大的智慧或神秘感知識。

مقتطفات من "العليم بكل شيء" (١٣)

كلّ مدينة أكرهها اليومَ

وأحبّها غدًا

جديرةٌ بالطلاق

قبل ساعاتٍ كانت عيناي واحتين بنى عليهما

الخضرُ مسجدًا

عاهدنا بعضنا البعض فيه لا فراقَ بيننا

أنفخ على أصابعي تصدر نارًا

كأنّ شمسًا عرمرميّةً تمخَطُ في هوايَ ثيابي

يا خضْرُ

إنّني تعلمتُ الدرسَ

فكلّ من يخرج من باب مدينة الغبار ليس صديقي

بل آيةٌ لي

أثقب قاربَه

وأقتله إذ أهدم حائط أبيه فوقه.

فمن مدن كهذه لا تخرج سوى الوحوش الضارياتِ

أو الوحوش المؤدّبة.

يا خضر ستجدني إن شاء الله صابرًا ولا أعصي لك أمرا.

選自《無所不曉》（十四）

這是一首冰冷的詩

患有感冒

及猝死恐懼症

這是一首魯莽的詩

如同一位探險家發現了一個藏寶洞穴

取出一小塊寶物就會被塌陷的洞頂掩埋

مقتطفات من ''العليم بكل شيء'' (١٤)

هذه القصيدة باردة...

تعاني من الزكام

ورهاب موت الفجأة.

هذه القصيدة متهوّرة

مثل مغامر اكتشف مغارة للكنز

سحب قطعةً منه فانهار السقف عليه.

選自《無所不曉》（十五）

我們開始進攻
朋友們在我們死後一小時到達
弔唁者們在我們死前一小時到達
唯有我們的母親一直與我們同在
用嚎啕大哭嚇跑裹屍布

مقتطفات من "العليم بكل شيء" (١٥)

بدأنا الهجوم

أصدقاؤنا وصلوا بعد موتنا بساعة

والمعزّون قبله بساعة

فقط أمّهاتنا كنّ معنا طوال الوقت

يعوين بالكفن أن يبتعد.

選自《無所不曉》（十六）

我們用襯衣縫出一棵小樹

沒有樹幹

它的根在土裡

它的根在天上

樵夫出來了

牧羊人出來了

阿塔爾*出來了

魯米*出來了

打響板的人出來了

沒有詩稿也能為世界歌唱

---

* 編按：阿塔爾（1145-1230）是波斯伊斯蘭教蘇非派著名詩人和思想家。

* 編按：魯米（1207-1273）是伊斯蘭教蘇非派神秘主義詩人、教法學家。

مقتطفات من "العليم بكل شيء" (١٦)

نخيط من قمصاننا شجيرةً

بلا جذع...

جذورها في الأرض

وجذورها في السماء.

يخرج الحطّاب

يخرج الراعي

يخرج العطّار

يخرج الروميّ

يخرج الصنّاج

ليغنّوا لعالم بلا أوراق.

選自《無所不曉》（十七）

我一如既往地在這兒等你
把雪人懷揣在心底
一半為了死亡還活著
一半為了愛情已死去

مقتطفات من "العليم بكل شيء" (١٧)

أنتظرك كعادتي هنا...

محتضنا رجلَ ثلج في داخلي

نصفَ حيّ من الموتِ

نصفَ ميت من الغرام.

選自《無所不曉》（十八）

讓我哭泣的是烈士們走了

再回來時

化作他們母親臉頰上的淚水

與我們同眠

令我氣憤的是烈士們走了

再回來時

變成壓迫者手中的利刃

將我們屠殺

مقتطفات من "العليم بكل شيء" (١٨)

يبكيني الشهداء حين يرحلون

ويعودون

دموعًا على وجنات أمّهاتهم

كي يناموا بيننا

يغضبني الشهداء حين يرحلون

ويعودون

نصلَ سكّين في يد ظالمةٍ

كي يذبحونا.

選自《無所不曉》（十九）

鄉愁是一門手藝
我以沉默為蘆葦編織出
話語的籃子

مقتطفات من "العليم بكل شيء" (١٩)

الغربة حرفة

أحوك فيها من قصب الصمت

سلالَ الكلام.

選自《等待莫迪凱》（一）

命運的嘲諷
角色調換：
摩西在西奈山上
我卻奄奄一息

مقتطفات من "في انتظار موردخاي" (١)

سخريّة الأقدار

تبادل الأدوار:

موسى على الطور المقدّس

وأنا في الرمق الأخير.

選自《等待莫迪凱》（二）

神啊

靠我的脆弱時刻維持生計的神啊

靠我的敬畏　我的祈禱

與我的不安

大汗淋灕的恐懼啊

語言

海市蜃樓

霧靄

現身吧　說出你的名字

以便我向人們轉述

他們的神話

مقتطفات من "في انتظار موردخاي" (٢)

أيّها الإله المسترزق من
ساعات ضعفي،
وخشيتي وصلاتي،
واضطرابي...
أيّها الرعب الهائل المتعرّق
لغة
سرابًا
وضبابًا...
تجلّ وانطق بمن أنتَ
لأنقل إلى قومي
خرافاتهم.

選自《等待莫迪凱》（三）

成為聖徒吧

也許世界能在你身上找到光明的火炭

憑此倚靠你

成為先知吧

因為世人不會憐憫你

مقتطفات من "في انتظار موردخاي" (٣)

كن وليّا

لعلّ الأرض تجد فيك جذوة نور

تتكئ بها عليك...

وكن نبيّا

لأنّ أبناءها لن يرحموكْ.

選自《等待莫迪凱》（四）

我的朋友拉比莫迪凱說：

解釋有九十九種

真理只有百分之一

مقتطفات من "في انتظار موردخاي" (٤)

يقول موردخاي،

صديقي الحاخام:

التأويل تسعة وتسعون

والحقيقة واحدٌ بالمائة.

選自《等待莫迪凱》（五）

你會長大，我的女兒
我會將榮譽留給你
會有戰爭
戰場上的蘑菇雲像四處亂竄的老鼠
先知以利亞與社會渣滓一起
蹲坐在城門前徒勞地等待
你會長大，我的女兒
祝你平安

مقتطفات من "في انتظار موردخاي" (٥)

ستكبرين يا ابنتي،

وسأورثك المجدَ،

وتكون حربٌ

ترى فطرها كالفئران من كلّ فجّ،

وسيبقى إيليّا رابضاً مع حثالة القوم

على باب المدينة منتظرا دون جدوى

وستكبرين يا ابنتي...

والسلام.

在水邊

在某個地方

我送別了離我而去的一切

在水邊

一對無聊的戀人從我面前走過

吊橋變換著指示燈

我不用等到將近九點時教堂鐘聲敲響

等到城市華燈初上

才明白我內心的雇佣殺手

已死

在某個地方

我害怕黑暗　那裡我看見鄉愁

像一片大海

只會將淹死的人吐出

拍打在沒有顏色的岩石上

或沙灘上　那裡躺著一個沒有慾望的女人

在某個地方

在水邊

我抓住靈魂的手

將護身靈的大腿夾在腋下

想像自己陷入迷茫

我是先知所羅門

抑或是建築物上的裂縫？

على ضفّة ماء

في مكان ما
أودّع ما يغادرني
على ضفّة ماءْ.
يمرّ عاشقان مضجران من أمامي،
والجسر المتحرّك يغيّر إشارة الضوء...
لا أنتظر ساعة الكنيسة تقارب التاسعة
لتضيء المصابيحَ مدينتُها
حتّى أدرك أنّ القاتل المأجور فيّ
ماتْ...
في مكان ما
أخاف من ظلمة أرى الغربةَ فيها
كالبحرِ
لا يلفظ الغارقَ فيه إلا ميتًا
على صخرةٍ بلا لونٍ
أو على رملٍ توسّدتْه امرأة بلا شهوة
في مكان ما
عند ضفّة ماءْ
أمسكُ روحي من يدها
وأتأبّط فخذ قريني،
وإخالني أحتار في نفسي:
هل أنا سليمان
أم أنا ما تصدّع من البناءْ؟!

魔鬼

他打開門

——我內心的魔鬼——

從他的帽子裡跳出一隻遺忘青蛙

在水面和霧靄之上

鋪開它的寶座

它說：來！你來問我：你有敵人嗎？

「你有敵人嗎？」

嗯，有。你來問我：你有朋友嗎？

「你有……？」

有。但他們是狼。

الشيطان

يفتح البابْ

-الشيطانُ في داخلي-

يخرج من قبّعته ضفدع النسيانْ

باسطًا عرشه فوق ماء

وضبابْ...

ويقول: هيا اسألني: هل لك أعداءْ؟

هل لك أعداءُ؟

أجل. لي. اسألني: هل لكَ أصدقاءْ؟

هل لك...؟

لي. ولكن ذئابْ.

將我變回小孩吧

主啊　將我變回小孩吧

這樣我就能用清晨的「童子尿」書寫民族歷史……

然後頂著一頭亂髮重回媽媽的懷抱　她會在審判日

而不是在情報警察面前

替我求情

將我變回小孩吧

這樣我就能坐在爸爸的報紙上

「把口水淌在」我不理解的文字上

口水混合著巧克力和餅乾

我把報紙折成一隻隻火箭

把它們發射到空中

我不關心報紙上的兄弟們

是基督徒或穆斯林或佛教徒

是民族主義者或泛阿拉伯主義者或共產主義者或無

神論者

互相殘殺也好　沒有互相殘殺也罷

他們雙方都將入火海

由我爺爺剛點燃的這團火

主啊　將我變回小孩吧

我有一些髒話要對你的子民說

我謊稱這些話是從鄰居家兒子那兒學來的

這樣我就不會受到

爸爸的責罰

你的懲罰

أعدني طفلا

اللهمّ أعدني طفلا لأكتب
تاريخ الأمّة بـ "فنتورة" الصباح...
وأعود بعد قيامي مشعّث الشعر إلى حضن يشفع لي
لا أمام المخابرات
ولكن يومَ القيامة...
أعدني طفلا
لأجلس على جرائد أبي
و"أشرشر" على حروف لا أفهمها
لعابي الممزج شوكولاتة وبسكويتا
أصنع منها صواريخ ورقية
أطلقها- بل أبعثها- في الهواءْ.
ما همّي إن الأخوان فيها
-مسيحيين كانا أم مسلمين أم بوذيين
أم قوميين أم عروبيين أم شيوعيين أم ملحدين-
اقتتلا أم لم يقتتلا
فكلاهما في النار
التي يوقدها للتوّ جدّي.

اللهمّ أعدني طفلا
فعندي بضعة كلمات بذيئة في خليقتك...
لأتحجّج أنّي تعلّمتها من ابن الجيران
فلا يطالني
لا عقابُ أبي
لا عقابُكْ.

其他事情

你在陽台上遠眺

視它為時間的陽台

或靈魂的陽台

你思緒萬千

迷惑茫然

別忘了這是你的預言

你的星辰會跌落在這片拱形屋頂上

他們會襲擊你的雙眼　那些

——過去——

你真心款待的人

卑鄙之人及牧師們

他們會細數你的缺點

而你的優點會被孩子們藏起來

像糖果一樣藏入口袋

شيء آخر

تطِلّ من على شرفة البيت
وتَعُدُّها شرفةَ الوقتِ
أو شرفة الروح...
تَخلُط الأمورَ
فتختلط الأمورُ عليك.
هذه نبوءتكَ فلا تنسَ:
على هذي القبابِ ستسقط نجومك
وسيفترسُ عينيكَ مَنْ
-فيما مضى-
أطعمتهم راحتَيْكَ
وسيُحصي أراذِلُ القومِ
والكهّانُ عليكَ مساوئَك
ومَحاسِنَكَ سيخبّئها الأطفال
سُكَّرا في جيوبهم.

西格蒙德・弗洛伊德

我恭維的是我自己而不是住在你內心的男人
我的心結擺在你的十五子棋棋盤上
我因知道你太了解它而痛不欲生
你對我的話報以會意的微笑：
「我愛你」即我想占有你
「我渴望你」即我想讓你成為我的籠中鳥
我如空氣　唯有你的雙眼能穿透我
將我變成一塊在汪洋中仍覺乾渴的海綿
我多痛苦啊　因為你知道我想殺死你
殺死住在你內心的妓女

سيغموند فرويد

أجامل نفسي لا الرجل الذي يسكنكْ
هذه عقدي على طاولة نردك
يغتال كياني أن أعرف أنّك تعرفها
وأنّك تتقن مفرداتي بابتسامة:
"أحبّكَ": أودّ أن أملكك
"أشتهيك": أودّك عصفورا في قفصي
لا شيء يخرق الهواء الذي أنا منه سوى عينيك
تحيلاني اسفنجة عطشى في محيط...
كم يقتلني أنّك تعرف أنّني أشتهي أن أقتلك
أن أمزّق العاهرة التي تسكن فيكْ.

百無聊賴

我曾認為我是……

可我……

我仍是一個幽靈

從虛無中挖出

空氣的形狀

這裡　一個小男孩正翻找作業本

這裡　一位父親正誦念著

中年祈福的禱告詞

這裡　一隻鳥兒正在築巢

在一棵核桃樹上

為了從上面——百無聊賴地——凝視

女人的胸脯

ضجر

كنتُ أعتقد أنّي...

ولكنّي...

ما زلتُ شبحًا

يحفر في الفراغ

شكل الهواء...

هنا طفل يقلّب دفاتره المدرسية...

هنا والد يتلو

صلاة الكهولة والرجاء

وهنا عصفور يبني عشّه

على شجرة جوز

ليتأمّل من فوق-ضجرا-

أثداء النساء.

隱士

他走進告解室

走進黑暗　黑暗將點亮一盞燈

他身後跟著一條代表過去的狗　在內心深處狂吠

他數著台階

一個又一個磨難

魔鬼的權杖在他手中

他在儲存日子的儲蓄罐裡細數上帝的手指

拋出一個最基本的問題

參考煉金術物質表去解答：

在外面的世界　我究竟是傻子還是天才？

他走出告解室

如一道光　所見均是黑暗

倚靠著一個女人

她對他所說的一切如癡如醉

راهب

يدخل المحراب

يدخل ظلمة تشعل نورا

خلفه كلب الماضي يعوي في باطنه...

يحصي الدرجات تباعا

أي محنة تلو الأخرى...

عصا الشيطان في يده

يعدّ أصابع الله في قجّة الأيّام

ويطرح سؤالا من جذعه

ويضربه بجدول الخيمياء:

هل أنا الغبيّ خارجا أو أنا العبقريّ؟

يخرج من المحراب

نورا يرى ظلمة

متّكئاً على امرأة

تموت في ما يقول.

讀詩人136　PG2416

沉默的蘆葦
——漢阿雙語詩集

作　　者　薩約翰・法耶茲・卡拉姆
譯　　者　呂　娜
責任編輯　陳彥儒
圖文排版　楊家齊、周妤靜
封面設計　劉肇昇

出版策劃　釀出版
製作發行　秀威資訊科技股份有限公司
114 台北市內湖區瑞光路76巷65號1樓
電話：+886-2-2796-3638　傳真：+886-2-2796-1377
服務信箱：service@showwe.com.tw
http://www.showwe.com.tw
郵政劃撥　19563868　戶名：秀威資訊科技股份有限公司
展售門市　國家書店【松江門市】
104 台北市中山區松江路209號1樓
電話：+886-2-2518-0207　傳真：+886-2-2518-0778
網路訂購　秀威網路書店：https://store.showwe.tw
國家網路書店：https://www.govbooks.com.tw
法律顧問　毛國樑　律師
總 經 銷　聯合發行股份有限公司
231新北市新店區寶橋路235巷6弄6號4F
電話：+886-2-2917-8022　傳真：+886-2-2915-6275

出版日期　2020年9月　BOD一版
定　　價　200元

國家圖書館出版品預行編目

沉默的蘆葦：漢阿雙語詩集 / 薩約翰.法耶茲.卡拉姆
(سرجون فايز كرم)作；呂娜譯. -- 一版. --
臺北市：釀出版, 2020.09
　面；　公分. -- (讀詩人；136)
BOD版
中阿對照
ISBN 978-986-445-413-6(平裝)

865.751　　　　　　　　　　　109011073

讀者回函卡

感謝您購買本書,為提升服務品質,請填妥以下資料,將讀者回函卡直接寄回或傳真本公司,收到您的寶貴意見後,我們會收藏記錄及檢討,謝謝!
如您需要了解本公司最新出版書目、購書優惠或企劃活動,歡迎您上網查詢或下載相關資料:http:// www.showwe.com.tw

您購買的書名:_____

出生日期:_____年_____月_____日

學歷:□高中 (含) 以下　　□大專　　□研究所 (含) 以上

職業:□製造業　□金融業　□資訊業　□軍警　□傳播業　□自由業
　　　□服務業　□公務員　□教職　　□學生　□家管　□其它_____

購書地點:□網路書店　□實體書店　□書展　□郵購　□贈閱　□其他

您從何得知本書的消息?

　□網路書店　□實體書店　□網路搜尋　□電子報　□書訊　□雜誌

　□傳播媒體　□親友推薦　□網站推薦　□部落格　□其他_____

您對本書的評價:(請填代號　1.非常滿意　2.滿意　3.尚可　4.再改進)

　封面設計____　版面編排____　內容____　文／譯筆____　價格____

讀完書後您覺得:

　□很有收穫　□有收穫　□收穫不多　□沒收穫

對我們的建議:_____

_____

_____

_____

11466
台北市內湖區瑞光路 76 巷 65 號 1 樓

秀威資訊科技股份有限公司 收

BOD 數位出版事業部

....

（請沿線對折寄回，謝謝！）

姓　　名：＿＿＿＿＿＿＿＿＿＿＿　年齡：＿＿＿＿　性別：□女　□男

郵遞區號：□□□□□

地　　址：＿＿＿＿＿＿＿＿＿＿＿＿＿＿＿＿＿＿＿＿＿＿＿＿＿＿＿＿＿＿

聯絡電話：(日) ＿＿＿＿＿＿＿＿＿＿＿＿＿ (夜) ＿＿＿＿＿＿＿＿＿＿＿＿＿＿

E-mail：＿＿＿＿＿＿＿＿＿＿＿＿＿＿＿＿＿＿＿＿＿＿＿＿＿＿＿＿＿＿